たくさんの普通

戸田よね子詩集

土曜美術社出版販売

詩集　たくさんの普通＊目次

Ⅰ　各務原権現山

Ⅱ　めいわくなお友だち

詩集　たくさんの普通

I

各務原《カカミガハラ》権現山

各務原権現山

もみじの新緑がまぶしい
ショウジョウバカマは
薄いピンクの冠を脱いでいる
ウグイスの唄声を
リュックに浴びて
山頂をめざす

山積みの落ち葉が
心地良い寝息をたてて眠っている
踏むことをためらうと
滑って尻餅をつきそうになる
切り立った岩は
ステッキを持つ手に
冷ややかな視線を向ける
むき出しの木の根っこは

グロテスクなタコの足
うっかりつまずきそうだ

ホー　ケキョ
ケキョ
ウグイスの唄声が
軽やかな足取りで
くり返し
くり返し
わたしの胸にこだまする

黄色い嵐

若い稲の穂が
都会の人混みにまぎれこんだように
揺れている
渦巻き　きらめき　囁きあいながら
ときどき両手をおおきく広げて
笑いころげているようだ

クーラーのついた部屋から
夏を避けるように出ようとしない
九月だというのにこの暑さはなんだと
顔をゆがめる

あちこちで
ツクツクボウシが
喚くように鳴いている

遠くでアブラゼミが
恋人と別れを惜しむように
泣いている

ざわざわ　ざわざわ
やるせない響きを抱いて
黄色い嵐が
戸惑いながら通り過ぎていく

お婆さんの稲刈り

息子が機械でやってくれるんやけど
周りだけは　わたしがやったらんなん
腰が痛いで休み休みやっとる
嫁は田んぼ　やってくれえへん
跡取り息子の嫁のはずやったのに
騙されたようなもんや
ほんとうは今頃は
花の苗買ってきて庭を飾りたい
こんな年寄りでも
余所行きに着替えて
化粧のひとつぐらいしたいわな

ざくざく
ざくざく
ざわざわ

ざわざわ
黄金色の海の中へ
鎌を持つ手が
悲しみが
恨みが
妬みが
砕けて溶けて流れていく

八十六歳になるんや
腰の他は　どっこも悪ない
感謝せんと　あかんわなあ

ひどく曲がった腰を
よいしょっと置いて　ひと休み
おおきな籠が付いた
ちいさい自転車が　ひとり
田んぼの片隅で頷いている

晴れ姿

思い出の桜並木
二千本のソメイヨシノが
わたしのこころを
桃色に染めていく
樹齢八十年の老木だって
若い木に負けてはいない
すらりと伸びた指先で
そっとわたしを手招きする

やさしい風がやってきて
はらはら　はらはら
花びらが散る
観たことのない世界に
あっという間に包まれていく
淡い香りの中で

ヒヨドリが
唄声を響かせる
カメラのシャッターを
一身に
花びらは静かに微笑んでいた

悲しい家

屋根瓦が
ぽろぽろ　ぽろぽろ
剝がれおちていく

窓をぴったり閉めて
庇を曲げるようにして
悲しみに耐えている

烏は低い声で鳴き
とんぼは翅を止め
颪は避けて通りすぎる

喪服姿のこおろぎが
打ちよせる波のように
癒しのメロディーを奏でても

閉ざされた家が開くことはない
灰色の空が
今にも壊れそうな家を抱きしめている

この土地はだれのもの

トラクターで
田をたがやす

おじいさんの後ろには
しらさぎ　からす
はと　むくどり

わあっ
むらがって
にぎやかな食事のじかんです

からすがなきました
この土地はだれのもの

もう一回なきました

この土地はだれのもの

Ⅱ　めいわくなお友だち

めいわくなお友だち

お友だちになりたいひと
誰でも大かんげい

げんかんに貼り紙をしたら
夜中の十二時にお友だちがやってきた

こんな夜中にくるなんてひじょうしき
わたしはドアをあけなかった
そんなことおかまいなしに
お友だちはとびらをノックしつづける
風速三〇メートル
ふきあれる声は
なにを言っているのかよくわからない

くちべたなお友だちは
一時間一〇〇ミリの大雨をつれてきた
――はなしたいことが山ほどあるんだ
うら山がくずれ
土砂が入ってきた

蟻

降り続く長雨に
玄関にも
廊下にも
居間にも
蟻がひょっこり顔を出す

――イタイ
思わず手の甲を叩いた

いっしょに生きてるんだけど
ここは私のやすらぎの場所
出て行ってもらう

蟻たちは大騒ぎ
振り返り

振り返り
なかなか立ち去ろうとしない
きのう作った梅シロップのふたを
しっかり閉めた

朝顔とわたし

ツルをのばした朝顔が
窓ぎわでぐったり
しおれた顔してぶらさがっている

だいじょうぶ？
しっかり！

どんどんせまってくるサイレン
ピーポー　ピーポー
ピーポー　ピー

朝顔を
ひとまわり大きい鉢にうえかえる
たっぷり　水やりをし
ヨシズをもってくる

居間にはいって
冷えたむぎちゃをかかえたまま
だらりとからだをなげ出す

夏が
ソファにすわって
あぐらをかいている

雨の楽団

ぽつ　ぽつ　ぽっつん
微かに聞こえる

うとうと
眠りに落ちるころ
軽やかなリズムが
寝室の扉を開ける

ぱら　ぱら　ぽと　ぽと
ざわ　ざわ　ざん　ざん
ざん　ざん　ざー　ざー
太鼓たたいて笛吹いて
雨の夜はお祭り騒ぎ

枕もとの水に

手を伸ばすころ
足音を忍ばせてやってくるのは
眠れないくらい静かな夜

雨の楽団はどこへ行った
大切な楽器を置き去りにして

カラスと柿とわたし

カラスが狙っているのは
熟したばかりの柿の実

十月に入って
まだまだこれから
成熟しようというのに
突かれて
くちばしの形を残したもの
空洞になって
今にも落ちそうに
だらりと頭を垂れているもの

わたしは朝夕　柿の木をめぐる
カラスはその都度　電柱に逃げる

柿の木に
網をかぶせるよりほかないだろう
電柱で
カラスが鳴いている

黄色い紙風船

ジェット戦闘機が
ひんぱんに飛んでいる
するどい弓矢と爆音は
小さなわが家を
木端微塵にしようと
やっきになっているらしい

おおきな香りの波が
忍び足でやってきて
すっぽり
わが家をおおい隠した
庭に咲く三本の金木犀だ

とがった神経が
まるくなって

溶けていく
黄色い紙風船が
ふわりと飛んだ

薄雪のなかの野菜

扉を開けると
冷たい空気が頬を叩いた
畑は一面
うっすら
白い布を被っている

キャベツも
白菜も
寒い寒いと
からだを丸める
ネギとほうれん草は
平気な顔をしているが
土の中で
かじかんだ手足を
温めているのだ

わたしは外出することが
億劫になった

たくさんの普通

こんなとき普通
断るなんてことはしない

こんなときはすぐに
礼を言ってくるのが普通

普通だったら
メールで済ませることじゃない

普通ってなんだろう
なにを基準に言うんだろう

決めつけないでほしい
押し付けないでほしい

あなたにはあなたの
わたしにはわたしの普通がある

たくさんの普通に出会い
たくさんの普通に振り回された

普通がたくさん
今までも　これからも

Ⅲ　時間とわたし

時間とわたし

六時起床
朝のラジオ体操を楽しむ
朝刊に目をやり
ラジオに耳を傾け
七時にはワカメたっぷりの味噌汁を飲む
あなたはどこからともなくやってきて
てきぱきわたしを導いていく

十時温かいコーヒーを飲む
お気に入りのホイットニーのＣＤを聴く
透き通る歌声に
あなたもわたしもうっとり
あっという間に　お昼になる
体操教室へいく時刻だ

化粧もそこそこ
急いで出かけたいのに
掛けているメガネを捜したり
車の鍵を捜している

しびれを切らしたあなたは
ドジなわたしのことを
せせら笑ったり
呆れかえったり

水仙が一輪玄関で
甘い香りをふりまいている

桃との時間

――いきなり向こうの世界へ
行くことになったとしても
おかしくない数値です

トイプードルの桃は心臓病
まん丸な瞳が不安を見つめている

水にふやかしたドッグフード
好物の干し芋
食べたものを吐きそうになりながら
チーズに絡めた薬をぺろり
食後は猫みたいに丸くなる
わたしの膝枕で眠るのがいいみたい
夢の世界に誘われるように
まん丸な瞳がだんだん細くなる

お揃いのピンクのコートを着て
沈んでいく夕日を
ふたりしてほいほい追いかける
桃は十三歳になる
あとどれぐらい
こうしていっしょに歩けるんだろう

日が暮れる

十一月の午後四時
買い物は腕時計とにらめっこ

メモ帳にさっと目を通す
「牛乳とパン」
値下げシールの付いたお惣菜に
思わず足を止める
海鮮寿司　ポテトサラダ
おはぎも美味しそう
予定になかった商品が
籠にたくさん入っている

もっと早く終わるはずだった
空いているレジを選んで
いらいらしながら順番を待つ

五時近くなると　もう薄暗い
急ぎ足で落ちていく夕陽が恨めしい
干したシーツを早く入れなきゃ
早く
早く帰らないと

一面のうろこ雲に追い立てられ
自転車のペダルを踏む

おいしい朝

花であることでしか
拮抗できない外部というものが
なければならぬ
花へおしかぶさる重みを
花のかたちのまま
おしかえす*

わかったようで
わからないような
わからないようで
わかったような

空っぽの胃に入った詩の言葉は
速やかに消化され
ほかほか

わたしの身体を潤していく
勇気が湧いてくる

おいしい朝
一杯のみそ汁を飲む前に
冷えた両手で
熱い言霊を握りしめる

＊　石原吉郎「花であること」より

冬の千切れ雲

雲が
たくさんの千切れ雲が
東へ東へ
その先にある何かを追いかけるように
急ぎ足で走る

仔犬だったり
イノシシだったり
金魚だったり

雲がどんどん変身していく
泳ぎが得意だった夫が
クロールしている
イヤリングに指輪ネックレス
すっかりお洒落して

車いすに乗った義母がいる
お猪口を片手に
ほろ酔い気分の義父がいる
輪になって
手をつないだりして
東へ東へ

時おり
太陽が顔を出すが
上空はさぞかし寒かろう

わたしはひとり
暖かい炬燵の中で
音楽のボリュームをあげる
フレディの黄色い歌声が
あなたにも届くように

梅の咲く部屋

梅が開花しました
七分咲きです
大きな花瓶に入れられ
のびのび枝を伸ばしています

二十年前遠いところへ行った母が
側にいてくれるようです
絵も字も上手
笑顔がすてきな母でした
畑仕事を終えた父は
毎日晩酌を楽しんでいました

眩しいはなびらの中で
ゆるり
黒いものが動く気配を感じました

一匹の蓑虫が
ほろ酔い気分で眠っています

父さん　母さん
わたしもとうとう古希を迎えました
わたしの部屋を陣取った梅は
ほんのり甘い香りを漂わせています

兄のスイカ

ゴーヤ　オクラ　ピーマン
すくなカボチャ　小玉スイカ
お盆に帰省したとき持たせてくれた
兄の作った野菜が詰まった段ボール箱

「今年のお兄さんのスイカはいいみたいよ」
帰りぎわ義姉がそっと耳打ちした

「スイカ食ったか」
兄からの電話
「まんだ食べとらへん」
「食べごろやで、はよ食べなあかんぞ」
見ると日付が書いてある

子どもの頃

兄は自転車に乗せてくれた
映画に連れていってくれた
甘い小玉スイカには
想い出の香りが詰まっている

Ⅳ　留袖

雨の花水木

雨が降っている
柿の木の新しい緑を
優しくあやすように

青虫も
てんとう虫も
柔らかな葉を大歓迎

わたしも雨が嫌いじゃない
掃除　洗濯　草取りだって手抜き
なんだか嬉しくなってくる

お姑さんは　しんどいみたい
足腰の痛みが　ひどくなるみたい
あんまり嬉しそうな顔するのは止そう

雨の囁きに耳を傾けよう
どんよりした空のどこかで
子守唄が聞こえる

たくさんの白いハンカチを
小さく振って
花水木が誰かを呼んでいる

春の憂鬱

庭の梅の木を指さして
お姑さんがわたしを呼ぶ
「今日もメジロが来とるよ」

昼食の準備の時間
わたしの帰りを待っていてくれる
お姑さんがいる
だけど今　帰りたくない
いつもの時間に　帰りたくない
おしゃべりをしたい
ちょっとでいいから

九十歳なるお姑さんは
膝が悪くて
杖が手放せない

妖しく光る赤い口紅
香水の香りプンプンさせて
愛犬桃と頬ずりを交わす

お姑さんがいて
桃がいて
わたしの帰りを待っていてくれる
家がある
だけど今　帰りたくない
いつもの家に　帰りたくない
自分を忘れたい
ちょっとでいいから

家では
庭の梅の木が満開
甘い香りで待っている

風花の車いす

——豊川稲荷へ行こう
何年ぶりかしらね
電車を降りると風が冷たい
遠い日
幼い子どもたちを連れて出かけたのは
立春が過ぎてすぐのころだった
姑の車いすを押すことがなかったあの時も
風が冷たかった
平日のせいか人出も少ない
青いビニールに覆われた露店が
パタパタパタパタ
風に打たれている
境内の坂道は辛い
車いすを押す腕にも腰にも力が入る

参拝をして懐かしい店に入り
昼ご飯をすます
土産をひとつだけ買い
舞いはじめた風花に追われるように
電車に乗った

——来てよかったなあ
姑の言葉が温かかった

ふー

風が寒い　という姑
風が冷たい　というわたし
すき焼きが一番　という姑
魚すきが一番　というわたし

互いに譲らない
張り合う日々

愛犬桃をつれて
一歩外にでてみれば
澄みきった青空が両手をひろげて
わたしを抱きしめる

寒いけど陽射しがきもちいい
冷たいけどやさしい風がふく

桃がぐいぐいリードを引っ張るので
足を取られそうになる
ふー　ため息をもらす
ふん　桃が振りかえる

白い敷布団

金木犀のてっぺんで
ゆらゆら
女郎蜘蛛の巣が七色に輝いている

青空って　こんなにも清々しい
白い雲が　なんて眩しいんだろう

しばらくのあいだ
灰色の空ばかり見ていたから
長雨にうんざりしていたから

東に　入道雲
西に　ちぎれ雲

ザザザー

さざ波が　押しよせるように
白い雲が　長々　頭の上をはしる

女郎蜘蛛の巣に
雄が合図しながら近づいてくる

軽くなった姑の白い敷布団が
ふわり
駆け足でやってきた爽やかな風に
舞い上がる

六月の雨

卒寿を迎えた姑が
転んでけがをした
大事にいたらなかったが
入れ歯がこわれてしまった

掃除をすませたばかりの床を
蟻が黙って通りすぎていく

じとじとじと
六月の雨にうたれて
青い若葉が揺れている
あさがおの蔓が
狭いプランターから
銀色の空にむかって
ぐい　ぐい　伸びをする

わたしもおもいきり伸びをする
何をするにも姑と一緒だった
今はひとりのような気がする

姑の部屋では
テレビがひとり
大きな声で喋っている

留袖

あの子が結婚するよ
お母ちゃんが縫ってくれた
この留袖着るでね

二六〇〇グラムしかなかった
大事に大事にふたりで抱いたね
今ではあの子に説教されとる
東京暮らしが長かったせいか
帰ってくるたび　どきどきした
父親を亡くしてからは
──なんでも聞くから俺に相談してくれ
長男らしい頼もしい言葉をかけてくれる
食べられなかった青梅が変身していく

彼女は暖かい紅茶のような感じ

ふたりは似合いのカップルや
お母ちゃんが縫ってくれた留袖着るのは
明日やでね
お母ちゃん

感謝をこめて

六年前、第一詩集『おいしい花畑』を上梓した時、これっきりと思っていました。拙い詩集をまた出していいものか、随分悩みました。楽しみにしているから、と背中を押してくれた仲間に、感謝したいと思います。

土曜美術社出版販売高木祐子様の丁寧な編集により、こうして出版することができました。詩友のみなさまにも深く感謝申し上げます。

二〇二一年八月四日

戸田よね子

著者略歴
戸田よね子（とだ・よねこ）

岐阜県生まれ

2015年　詩集『おいしい花畑』（土曜美術社出版販売）

岐阜県詩人会会員

現住所　〒504-0034　岐阜県各務原市那加浜見町 1-105

詩集　たくさんの普《ふ》通《つう》

発行　二〇二一年十月十日

著者　戸田よね子
装丁　木下芽映
発行者　高木祐子
発行所　土曜美術社出版販売
〒162-0813　東京都新宿区東五軒町三—一〇
電話　〇三—五二二九—〇七三〇
FAX　〇三—五二二九—〇七三二
振替　〇〇一六〇—九—七五六九〇九
印刷・製本　モリモト印刷
ISBN978-4-8120-2645-8　C0092